AF356041

CATALOGUE

DE

GRANDS LIVRES A FIGURES

COMPOSANT LA

BIBLIOTHÈQUE DE M. M** (ARCHITECTE)

Dont la vente aura lieu le jeudi 10 décembre 1874
à 2 heures précises

Hôtel des Commissaires-Priseurs, rue Drouot

SALLE N° 5

Par le ministère de Mᵉ DELBERGUE-CORMONT, commissaire-priseur

8, rue de Provence

EXPOSITION DE UNE HEURE A DEUX HEURES

Recueil des historiens des Gaules, par Dom Bouquet. — Histoire du Languedoc. — Oppert. Expédition en Mésopotamie. — Victor Place. Ninive et l'Assyrie. — Gazette des Beaux-Arts. — Le Moyen Age et la Renaissance. — Vasari. Édition originale. — Tempesta. 89 planches. — Portraits des Rois de France, dessins attribués à Larmessin. — Œuvre de Charlet. — Les Arts somptuaires. — Costumes historiques de Mercuri. — Costumes historiques de Chevignard. — Cours d'Architecture de Blondel. — Le Temple de Denderah, par Mariette. — Les Ruines de Pompeï, par Mazois. — Promenades de Paris, par Alphand. — Monographies des châteaux d'Anet et de Fontainebleau. — Grammar of Ornament, by Owen Jones. Gr. in-folio. — Musée de sculpture de Clarac. — Musée des antiques de Bouillon. — Catalogue d'Otto Lorenz. — Œuvre de Jehan Fouquet. — Histoire des Arts industriels. — Monographie du palais de Fontainebleau. Grand papier. — Gravures de Callot. Premières épreuves. — Les Saints Évangiles, publiés par Hachette. Exemplaire en grand papier, etc., etc.

PARIS

ADOLPHE LABITTE

LIBRAIRE DE LA BIBLIOTHÈQUE NATIONALE

4, rue de Lille, 4

—

1874

POUR PARAITRE PROCHAINEMENT :

JÉSUS-CHRIST

Par Louis Veuillot, avec une étude sur l'Art Chrétien, par E. Cartier. *Paris, Didot.* 1 vol. in-4°, illustré de 16 chromolithographies et de 180 gravures, d'après les monuments de l'art. Relié, tranche dorée . . . . 33 fr.

LE XVIIIᵉ SIÈCLE

Institutions, usages et costumes (1700-1789), ouvrage illustré de 21 chromolithographies et de 350 gravures sur bois, d'après Watteau, Boucher, Eisen, Moreau, Debucourt, etc., etc. *Paris, Didot.* 1 vol. in-4°, relié, tranche dorée. . . . . 40 fr.

MANUEL

DE

L'AMATEUR D'ILLUSTRATIONS

Gravures et portraits pour l'ornement des livres français et étrangers, par J. Sieurin. *Paris,* 1875. 1 vol. in-8° papier teinté. 12 fr.
Grand papier de Hollande. . . . . 24 fr.

CATALOGUE

DE

GRANDS LIVRES

A FIGURES

PROVENANT

DE LA BIBLIOTHÈQUE DE M. M***

ARCHITECTE.

———

1. Imago primi sæculi societatis Jesu a provincia Flandro-Belgica ejusdem societatis repræsentata. *Antuerpiæ, ex officina Plantiniana Balthasaris Moreti*, 1640, in-fol. fig. vél. bl. fil. et fleurons sur les plats.

2. Glossarium ad scriptores mediæ et infimæ latinitatis, auctore Carolo du Fresne domino du Cange, editio nova, locupletior et auctior, opera et studio monachorum ordinis S. Benedicti e congregatione S. Mauri. *Parisiis, Caroli Osmont*, 1733-36, 6 vol. in-fol. fig. v. gr.

3. Réflexions critiques sur la poésie et sur la peinture, par M. l'abbé Du Bos, 6ᵉ édition. *Paris, Pissot*, 1755, 3 vol. in-4, front. gr. demi-rel. bas. n. rog.

4. Énéide et Géorgiques, suite de compositions de Girodet, lithographiées d'après ses dessins par MM. Aubry-Lecomte, Chatillon, Counis, etc. *Paris, Paunetier, s. d.*, in-4 obl. demi-rel. dos et coins de mar.

5. Le Théâtre d'agriculture et mesnage des champs, d'Olivier de Serres, seigneur du Pradel. *Paris, Mme Huzard*, 1805, 2 vol. in-4, portr. et fig. demi-rel. bas. n. rog.

6. Genealogiæ Johannis Boccacii. (*Ad finem :*) *Parisiis, excusum opera Ludovici Hornken*, 1511, in-fol. gothique, 2 col. demi-rel.

Taches et mouillures.

7. Les Perles, pièces d'écrin artistique et littéraire. — Les Diamants, souvenirs d'art et de littérature, par E. Delerot, P. L. Jacob, Ch. Nodier, H. de Balzac, H. Martin, etc. *Paris, veuve J. Renouard*, 1867, 2 part. en 1 vol. in-4, fig. demi-rel. dos et coins de mar. br. dor. en tête, n. rog.

8. Gemeiner löblicher Eydgenossenschafft Stetten, Landen und Volckeren chronick wirdiger Thaaten Beschreybung; von J. Stumpf. *Zurych, Froschover*, 1548, 2 part. in-fol. fig. sur bois, peau de truie, avec fermoirs.

Très-belles planches.

9. Abrégé de l'histoire universelle en figures, dessinées par M. Marillier et gravées par Duflos le jeune. *Paris, Duflos*, 1785, 5 part. in-8, pap. de Holl. fig. à mi-page, demi-rel. dos et coins de chagr. r. n. rog.

Bel exemplaire.

10. Voyages pittoresques et romantiques dans l'ancienne France, par J. Taylor, Normandie (2ᵉ partie). *Paris, Lemaître, s. d.*, in-fol. en 39 livraisons, planch. lith.

11. RECUEIL DES HISTOIRES DES GAULES ET DE LA FRANCE, par dom Martin Bouquet. *Paris, aux dépens des libraires associés*, 1738-47, 11 vol. in-fol. fig. et cartes, v. marbr. fil.

12. Histoire de la ville de Paris, composée par D. Michel Félibien, reveue et augmentée par D. Guy-Alexis Lobineau. *Paris, Guill. Desprez,* 1725, 5 vol. in-fol. fig. et cartes, v. gr.

13. HISTOIRE GÉNÉRALE DE LANGUEDOC, par deux religieux bénédictins (Claude de Vic et Joseph Vaissette). *Paris, J. Vincent,* 1730-45, 5 vol. in-fol. fig. v. gr.

14. Voyage pittoresque de la Grèce, par M. G.-F.-A. comte de Choiseul-Gouffier. *Paris,* 1782, 2 vol. in-fol. portr. et pl. demi-rel. mar. r. n. rog.

15. Excursion par terre d'Athènes à Nauplie. Collection composée de 18 planches lithographiées et d'un texte explicatif, avec gravures sur bois, par le vicomte Théodose du Moncel. *Paris, Gide,* s. d., in-4 obl. demi-rel. mar. v.

16. EXPÉDITION SCIENTIFIQUE EN MÉSOPOTAMIE, exécutée par ordre du gouvernement de 1851 à 1854, par MM. Fulgence Fresnel, Félix Thomas et Jules Oppert. *Paris, Gide et J. Baudry,* 1856-63, 2 vol. in-4 et atlas in-fol. en livraisons.

17. NINIVE ET L'ASSYRIE, par Victor Place, ouvrage publié par ordre du gouvernement. *Paris, Impr. imp.,* 1865-66, in-fol. planches en livraisons.
Complet en 57 livraisons.

---

18. GAZETTE DES BEAUX-ARTS, courrier européen de l'art et de la curiosité. *Paris,* années 1859 à 1873, tom. 1 à 25, en demi-rel. mar. r. et le reste en livr.
Manquent les années 1861, 1863, 1870, 1872, numéros de septembre, octobre et décembre.

19. Histoire de l'art égyptien, d'après les monuments, depuis les temps les plus reculés jusqu'à la domination romaine, par Prisse d'Avennes. Atlas. *Paris, Arthus Bertrand,* 1863, in-fol. en livraisons.
34 livraisons.

20. Le Moyen age et la Renaissance, histoire et description des mœurs et usages, des sciences, des arts, etc., en Europe, par MM. P. Lacroix et Ferd. Seré. *Paris*, 1848-51, 5 vol. in-4, fig. or et coul. demi-rel. dos et coins de mar. r. dor. en tête, n. rog.

21. Le Vite de' più eccellenti Pittori, Scultori e Architettori scritte da M. Giorgio Vasari, pittore et architetto aretino. *In Fiorenza, appresso i Giunti*, 1568, 2 tom. en 3 vol. in-4, portr. cuir de Russie, tr. dor.

Édition originale.

22. Raccolta di alcuni disegni del Guercino, incisi in rame da Piranesi. *S. l. s. a.*, in-fol. 28 planches, demi-rel.

23. Allégories sacrées, vierges, saints et martyrs de Pierre-Paul Rubens, gravés au burin par les anciens maîtres flamands et reproduits par la photographie, 40 gravures photographiées, avec un texte explicatif, par Édouard Fétis. *Bruxelles, Ch. Muquardt*, 1860, in-fol. demi-rel. v. n.

24. OEuvre de Jean-Baptiste Huet, peintre de l'École française. *Paris, Bance aîné*, 1816, in-fol. br.

25. OEuvre de F.-E. Weirotter, peintre allemand, contenant près de 200 paysages et ruines, dessinés d'après nature, tant en France qu'en Italie, et gravés à l'eau-forte par lui-même. *Paris, Bassaut et Poignaut*, 1771, in-fol. demi-rel. v. marbr.

26. Antonio Tempesta. Septem orbis admiranda ex antiquitatis monumentis collecta. *Roma*, 1609, in-fol. rel.

Outre les planches de cet ouvrage remontées in-fol., ce volume renferme plusieurs suites de Tempesta, gravées par P. de Jode, etc. Ensemble 89 planches.

27. Et nos homines. *Dionysius Padt Brugge sculpsit. Upsaliæ*, in-fol. demi-rel.

Recueil de 23 planches xylographiques et d'un frontispice gravé. Ces planches représentent une infinité d'objets différents, géographie, médailles, architecture, cartes à jouer, etc.

28. Images de saints et saintes issus de la famille de l'empereur Maxilien Ier, en une suite de 119 planches gravées en bois par différens graveurs, d'après les dessins de Hans Burgmaier. *Vienne, F.-X. Stockl*, 1799, in-fol. br.

29. Images des héros et des grands hommes de l'antiquité dessinées sur des médailles, des pierres antiques et autres anciens monumens, par Jean-Ange Canini, gravées par Picart le Romain. *Amsterdam, B. Picart*, 1731, in-4, portr. demi-rel. dos et coins de v. gr. n. rog.

30. RECUEIL DE 65 PORTRAITS des rois de France depuis Pharamond Ier jusqu'à Louis XV, en 1 vol. in-4, v. marbr.

Très-beau recueil de dessins attribués à Larmessin.

31. RECUEIL de 75 figures anciennes, en 1 vol. in-fol. v. gr.

Ce recueil est ainsi composé :
La Pucelle, ou la France délivrée. 13 fig. par Bosse. — Alaric, ou Rome vaincu. 12 fig. par Chauveau. — Clovis, ou la France chrétienne, par Desmarets. 1657, in-4, 26 fig. — Histoire de la triomphante entrée du Roy et de la Reyne dans Paris, le 26 aoust 1660. *Paris, Merlin*, 1665. Portr. par W. Vaillant et 23 fig. par Le Paultre.

32. OEuvre de Charlet. Recueil de 159 gravures en 1 vol. in-4, demi-rel. dos et coins de mar. r. tr. dor.

33. OEuvre de Charlet. — Album de 1836, par Raffet. — Nouvelle suite de costumes des Pyrénées, par Férogio. — Costumes du grand-duché de Bade et des bords du Rhin, par Valerio. — Souvenirs et croquis de Dieppe et de ses environs, par Monthelier et J.-L. Tirpenne, figures par V.

Adam. In-4, demi-rel. dos et coins de mar. olive,
tr. dor.

34. Spécimen des écritures modernes, comprenant
les romaines fleuronnées, gothiques nouvelles,
fractures, française, anglaise, italienne et alle-
mande, exécutées à la plume par Jean Midolle,
gravées sur pierre. *Strasbourg, E. Simon fils,*
1834-35, in-4 obl. demi-rel. dos et coins de mar.
r. n. rog.

35. LES ARTS SOMPTUAIRES, histoire du costume et
de l'ameublement, et des arts et industries qui s'y
rattachent, sous la direction de Haugard-Maugé,
dessins de Clodius Ciappori, texte explicatif par
Ch. Louandre, impressions en couleurs par Haugard-Maugé. *Paris,* 1857-58, 4 vol. in-4, dont 2
de planches, demi-rel. mar. r. pl. toile, tr. dor.
n. rog.

36. COSTUMES HISTORIQUES des XIIe, XIII°, XIVe et XVe
siècles, tirés des monuments les plus authentiques
de peinture et de sculpture, dessinés et gravés par
Paul Mercuri, avec un texte historique et descriptif, par Camille Bonnard; nouvelle édition
revue par Ch. Blanc. *Paris, A. Lévy,* 1860-61,
3 vol. in-4, fig. or et coul. demi-rel. dos et coins
de mar. r. dor. en tête, n. rog.

37. COSTUMES HISTORIQUES des XVIe, XVIIe et XVIIIe siècles, dessinés par E. Lechevallier-Chevignard,
gravés par A. Didier, L. Flameng, F. Laguiller-
mie, etc., avec un texte historique et descriptif
par G. Duplessis. *Paris, A. Lévy,* 1867, 2 vol.
in-4, fig. or et coul. cart. n. rog.

38. Souvenirs du théâtre anglais à Paris, dessinés
par MM. Devéria et Boulanger, avec un texte par
M. Moreau. *Paris, H. Gaugain,* 1827, pet. in-fol.
fig. color. demi-rel. dos et coins de v. f. tête
dor. n. rog.

39. OEuvres complètes de Jacques Barozzi de Vignole, publiées par H. Lebas et E. Debret, architectes. *Paris, impr. de P. Didot l'aîné*, 1815, in-fol. planches, demi-rel. mar. v. n. rog.

40. I Quattro Libri dell' archittetura di Andrea Palladio. *In Venetia, appresso Dominico de' Franceschi*, 1570, in-fol. demi-rel. v. f.

41. Les Bâtiments et les dessins de André Palladio, recueillis et illustrés par Octave Bertotti Scamozzi. *Vicence, J. Rossi*, 1796, 4 tom. en 2 vol. in-4, planches, demi-rel. v. ant.

42. Dell' Idea della architettura universale, di Vincenzo Scamozzi. *In Venetia*, 1615, 2 vol. in-fol. fig. demi-rel. v. f.

43. Traité des manières de dessiner les ordres de l'achitecture antique en toutes leurs parties, par A. Bosse. *Paris, P. Aubouin*, 1684, in-fol. fig. demi-rel. v. f. tr. peigne.

44. Traité d'architecture, avec des remarques et des observations, par Séb. Le Clerc. *Paris, P. Giffart*, 1714, 2 part. en 1 vol. in-4, fig. v. ant.

45. Cours d'architecture, qui comprend les ordres de Vignole, avec des commentaires, les figures et les descriptions de ses plus beaux bâtimens, et de ceux de Michel-Ange, par le sieur C.-A. d'Aviler. *Paris, Jean Mariette*, 1738, in-4, fig. demi-rel. mar. viol.

46. Cours d'architecture, ou Traité de la décoration, distribution et construction des bâtiments, par J.-F. Blondel, *Paris, Desaint*, 1771-77, 6 vol. in-8 et 6 vol. in-8 obl. de planches, demi-rel. mar. la Vall. tr. peigne.

47. L'Architecture des voûtes, ou l'Art des traits et coupe des voûtes, par le R. P. François Deraud, de la compagnie de Jésus. *Paris, Séb. Cramoisy*, 1643, in-fol. fig. demi-rel. v. mar.

48. Architecture moderne, ou l'Art de bien bâtir pour toutes sortes de personnes (par Charles-Etienne Briseux). *Paris, Cl. Jombert.* 1728-29, 2 vol. in-4, fig. v. marbr.

49. The Arts connected with Architecture, by J. B. Waring, lithographed and published by Vincent Brooks. *London,* 1858, in-fol. planches, demi-rel. dos et coins de mar. viol. dor. en tête n. rog.

50. DENDÉRAH. Description générale du grand temple de cette ville, par Auguste Mariette-Bey, ouvrage publié sous les auspices de S. A. Ismaïl-Pacha, khédive d'Egypte. *Paris, A. Franck,* 1870-73, 4 vol. pet. in-fol. planches, cart.

51. RESTITUTION du temple d'Empédocle à Sélinonte, ou l'Architecture polychrome chez les Grecs, par J.-J. Hittorff, architecte. *Paris, F. Didot,* 1851, in-4 et atlas in-fol. demi-rel. dos et coins de mar. r. n. rogné.

52. Plan et coupe d'une partie du Forum romain et des monuments sur la voie Sacrée, par Aug. Caristie, architecte. *Paris,* 1821, in-fol. planches gr. par Hibon, demi-rel. bas. v.

53. Le Laurentin, maison de campagne de Pline le consul, restitué d'après sa lettre à Gallus, gravé et publié par Jules Bouchet. *Paris,* 1852. — Compositions antiques, dessinées, gravées et publiées par le même. *Paris, s. d.,* in-4, fig. demi-rel. mar. viol.

54. LES RUINES DE POMPÉI, dessinées et mesurées par F. Mazois, pendant les années 1809 à 1811. *Paris,* 1812-38, 4 vol. in-fol. planches, mar. r. dent. tr. dor. et demi-rel. mar. r. n. rog.

55. PARIS ET SES MONUMENTS, mesurés, dessinés et gravés par Baltar, architecte, avec des descriptions historiques, par le cit. Amaury Duval. *Paris, impr. de Crapelet,* 1803, 1 tome en 2 vol. in-fol. planches, demi-rel. mar r.

56. Les Promenades de Paris, histoire, description des embellissements, dépenses de création et d'entretien des bois de Boulogne et de Vincennes, etc., par A. Alphand. *Paris, J. Rothschild*, 1860-1873, 5 vol. in-fol. dont 2 de planches, demi-rel. mar. r.

Belle publication comprenant 487 gravures sur bois, 80 sur acier et 23 chromolithographies.

57. Arc de triomphe de l'Étoile, publié avec l'approbation et sous les auspices de M. le ministre des travaux publics, par J.-D. Thierry, architecte. *Paris, F. Didot*, 1845, in-fol. pap. vél. fort, planches, cart. n. rog.

58. Palais de l'Industrie. 6 photographies, en 1 vol. in-fol. demi-rel. bas.

59. L'Architecture françoise, ou Recueil des plans, élévations, coupes et profils des maisons royales, de quelques églises de Paris, etc. *Paris, Jean Mariette*, 1738, in-fol. planches, v. mar.

60. Monographie du château d'Anet, construit par Philibert de l'Orme, en 1548, dessinée, gravée et accompagnée d'un texte historique et descriptif, par Rodolphe Pfnor. *Paris*, 1867, in-fol. planches, demi-rel. mar. r. dor. en tête, n. rog.

61. Monographie du palais de Fontainebleau, dessinée et gravée par M. Rodolphe Pfnor, accompagnée d'un texte historique et descriptif, par M. Champollion-Figeac. *Paris, A. Morel*, 1863, 2 vol. in-fol. pl. demi-rel. mar r. n. rog.

62. Recueil des plans, élévations et coupes, tant géométrales qu'en perspective, des châteaux, jardins et dépendances que le roy de Pologne occupe en Lorraine, ainsi que les changemens considérables qu'il a fait faire, le tout dirigé par M. Heré, architecte. *Paris, François, s. d.*, 3 vol. in-fol. planches par François Lotha, mar. r. larges dent. tr. dor. (*Armoiries.*)

63. Recueil des ouvrages en serrurerie que Stanislas
le Bienfaisant, roi de Pologne, duc de Lorraine
et de Bar, a fait poser sur la place Royale de Nancy,
à la gloire de Louis le Bien-Aimé, composé et exé-
cuté par Jean Lamour. *Nancy, s. d.*, in-fol. planches, en ff. dans un cart.

64. The Seats of the Nobility and Gentry, in a collection of the most interesting and picturesque
views, engraved by W. Watts. *Chelsea*, 1779,
in-8 obl. fig. v. rac. dent.

65. Palais, maisons et autres édifices modernes dessinés à Rome (par C. Percier et P.-F.-L. Fontaine).
Paris, Ducamp, 1798, pet. in-fol. fig. demi-rel.
dos et coins de mar. viol.

66. Édifices de Rome moderne, ou Recueil des
palais, maisons, églises, couvents et autres monuments publics et particuliers les plus remarquables de la ville de Rome, dessinés, mesurés et publiés par P. Letarouilly, architecte. *Paris, Bance*,
1857, in-4, et 3 vol. in-fol. de planches, demi-
rel. mar. n. n. rog.

67. Les Monuments de Pise au moyen âge, par
M. Georges Rohault de Fleury. *Paris, A. Morel*,
1866, in-8, br. et atlas pet. in-fol. en livr. dans
un cart.

---

68. THE GRAMMAR OF ORNAMENT, by Owen Jones, il-
lustrated by examples from various styles of ornament, one hundred folio plates drawn on stone
by F. Bedford, and printed in colours by Day and
Son. *London, Day and Son*, 1856, in-fol. demi-
rel. dos et coins de mar. r. tr. dor.
Très-belle édition.

69. Exemples de décorations appliqués à l'architecture et à la peinture, depuis l'antiquité jusqu'à
nos jours, réunis par Léon Gaucherel. *Paris,*

Bance, 1857 (1ʳᵉ partie), in-4, fig. demi-rel. mar. violet.

70. Recueil de décorations intérieures, comprenant tout ce qui a rapport à l'ameublement, composé par C. Percier et H.-F.-L. Fontaine. *Paris, P. Didot l'aîné*, 1812, pet. in-fol. planches, demi-rel. dos et coins de mar. viol.

71. Opera ornamentale di Giuseppe Borsato, pubblicata per cura della R. Accademia di belle arti di Venezia, dell' ornato decorativo italiano, di Giuseppe Vallardi. *Milano*, 1831, in-fol. planches, demi-rel. mar. r. dor. en tête, n. rog.

72. ALGEMEEN KUNSTENAARS HANDBOCK. (Recueil des fontaines, frontispices, pyramides, cartouches, dessus de portes, bordures, médaillons, trophées, vases, frises, lutrins, tombeaux, pendules, etc., inventés par J.-C. de la Fosse et gravés par Iz. de Wit Jansz). *Amsterdam, J. Willem Smit, s. d.*, 2 tom. en 1 vol. in-fol. demi-rel. dos et coins de v. f. n. rog.

73. TRÉSOR de l'abbaye de Saint-Maurice d'Agaune, décrit et dessiné par Edouard Aubert. *Paris, A. Morel,* 1870, in-4, planches or et coul. en livr.

---

74. MUSÉE DE SCULPTURE antique et moderne, ou Description historique et graphique du Louvre et de toutes ses parties, par le comte F. de Clarac. *Paris, Impr. royale*, 1841-53, 6 tom. en 7 vol. in-8 et 6 vol. in-8 obl. de planches, demi-rel. dos et coins de mar. r. dor. en tête, n. rog.

Bel exemplaire.

75. MUSÉE DES ANTIQUES, dessiné et gravé par P. Bouillon, peintre, avec des notices explicatives par J.-B. de Saint-Victor. *Paris, impr. de P. Didot, s. d.*, 3 vol. in-fol. planches, demi-rel. chagr. r. n. rog.

76. Manière de bâtir, par Le Muet, architecte. *Paris, Tavernier*, 1623, in-fol. demi-rel. (*Figures.*)

77. Livre d'architecture, contenant plusieurs portiques de différentes inventions, par Alexandre Francine. *Paris, Tavernier*, 1631, in-fol. vél. (40 *planches.*)

78. César Daly. Motifs historiques d'architecture et de sculpture d'ornement. *Paris, Morel*, 1869, 2 vol. in-fol. demi-rel. mar. fig.

79. Architecture, décoration et ameublement de l'époque Louis XVI, avec texte descriptif par R. Pfnor. *Paris, Morel*, 1864, in-fol. cart.

80. Décorations intérieures et meubles des époques Louis XIII et Louis XIV, par L. Adams. *Paris, Morel*, 1865, gr. in-fol. demi-rel. mar. 100 planches.

81. Louis Degen. Motifs de décorations et d'ornements des constructions en bois. *Paris, Morel*, 1860, 2 vol. in-fol. demi-rel. mar. rouge.

82. Claude Sauvageot. Palais, châteaux, hôtels et maisons de France. *Paris, Morel*, 1867, 4 vol. in-fol. demi-rel. mar. (*Figures.*)

83. Palais du Louvre et des Tuileries, par Baldus. *Paris, Morel, s, d.*, 2 vol. in-fol. demi-rel. mar. r. (*Figures.*)

84. Maisons les plus remarquables de Paris, par Vacquer. *Paris, Caudriller, s. d.*, in-fol. demi-rel. mar. 80 planches.

85. Stalles du chœur de la cathédrale d'Auch, texte et dessins par Saucet. *Paris, Morel*, 1862, in-fol. demi-rel. mar. r. (60 *planches.*)

86. Engravings of ancient cathedrals in France, Holland, etc., by John Correy. *London*, 1842, in-fol. demi-rel. mar. (32 *planches.*)

87. Jérusalem. Étude des monuments de la ville sainte, par Aug. Salzmann (texte et planches). *Paris, Gide et Baudry,* 1856, 2 part. en 1 vol. gr. in-fol. demi-rel. mar. (*Figures.*)

88. Il Duomo di Milano. Seconda edizione. *Como,* 1871, in-fol. demi-rel. (64 *planches.*)

89. Das neue Muzeum zu Berlin, von Stuler. *Berlin,* 1862, in-fol. cart. (24 *planches en couleurs.*)

90. Parallèle des salles rondes de l'Italie, par Isabelle. *Paris, Lévy,* 1863, in-fol. demi-rel. mar. r. (3 *planches.*)

91. Paralièle des théâtres modernes de l'Europe et des machines théâtrales, dessin par Clément Coutant, texte par Joseph de Filippi. *Paris, Lévy,* 1860, 2 vol. gr. in-fol. demi-rel. mar. br. (*Figures.*)
Bel exemplaire.

92. Recueil des ouvrages en serrurerie que Stanislas le Bienfaisant a fait poser sur la place Royale de Nancy. *Paris, Lévy, s. d.,* gr. in-fol. demi-rel. mar. r. (34 *planches.*)

93. Varin. L'Architecture pittoresque en Suisse. *Paris, Morel,* 1861, in-fol. demi-rel. mar. (48 *pl.*)

94. Liber chronicarum. (*Ad finem:*) *Impressum in urbe Augustá, à Joanne Schensberger,* 1497, in-fol. peau de truie. (*Piqûres.*)
Orné de 2,000 figures sur bois.

95. Dictionnaire universel des maréchaussées de France. *Paris,* 1748, 2 vol. in-4, v. (*Armoiries.*) (*Nombreux blasons.*)

96. Les Métamorphoses d'Ovide, traduites en vers par Desaintange. *Paris, Desray,* 1808, 4 vol. in-8, grand papier, demi-rel. (*Figures.*)

97. Les Fables de la Fontaine, avec figures gravées par Simon et Coiny. *Paris, an IX,* 4 tom. en 2 vol. in-8, v. marbr. (*Figures.*)
Exemplaire en grand papier.

98. Recueil descriptif des antiquités et curiosités du xiii° au xix° siècle, formant la collection de Louis Minard. Van Hoorebeke. *Gand,* 1865, gr. in-4, br. (42 *planches.*)

99. Antiquités anglo-normandes de Ducarel, trad. de l'anglais par Léchaudé d'Anisy. *Caen,* 1823, in-4, demi-rel. mar. r, (*Figures.*)

Exemplaire imprimé sur papiers de toutes couleurs.

100. ANTHOINE LE PAULTRE. Dessins de plusieurs palais, plans et eleuations en perspectiue geometriques, ensemble les profiles eleuez sur les plans; le tout dessiné et inventé par A. Le Paultre, architecte et ingénieur ordinaire des bastimens du roy. *Se vend à Paris, chez Jombert, rue Saint-Jacques, à l'image Nostre-Dame, s. d.,* in-fol. demi-rel. mar. br. 6o *planches.*

101. Opere ornamentate di G. Borsato, con cenni storici di G. Vallardi. *Milano,* 1831, in-fol. demi-rel. 6o *planches.*

102. Décorations de palais et d'églises en Italie, peintes à fresques ou exécutées en stuc dans le cours du xv° et du xvi° siècle, avec description par Louis Gruner, avec un essai par M. J. Hittorff sur les arabesques des anciens comparées à celles de Raphaël et de son école. *Paris et Londres,* 1854, gr. in-fol. cart. *Figures noires et en couleurs.*

103. Monuments de sculpture anciens et modernes, publiés par Vauthier et Lacour. *Paris, de l'impr. de Gillé fils,* 1812, in-fol. demi-rel. bas. 102 pl. au trait.

104. Ruines de la cité de Pæstum (texte latin et italien). *Rome,* 1784, gr. in-fol. 63 *planches.*

105. REPRÆSENTATIO Belli in successionem in Regno Hispanico. *Augustæ Vindelicorum, s. a.,* gr. in-fol. demi-rel. 52 *planches et* 1 *titre gravé.*

Les figures sont entourées d'encadrements variés et artistiques.

106. Fêtes publiques données par la ville de Paris à l'occasion du mariage de Mgr le Dauphin. 1745, gr. in-fol. 21 planches et texte gravé.

Cette fête a été donnée place du Carrousel, place Saint-Antoine, et à l'Hôtel-de-Ville.

107. PIERRES GRAVÉES antiques, sur lesquelles les graveurs ont mis leurs noms, expliquées par Philippe de Stoch. *Amsterdam*, 1724. 70 *planches par Bernard Picart.*

108. Catalogue général de la librairie française pendant 25 ans (1840-1865), rédigé par Otto Lorenz. *Paris, O. Lorenz*, 1867-71, 4 vol. gr. in-8, à 2 col. demi-rel. dos et coins de mar. r. tr. jas.

109. OEUVRE DE JEHAN FOUCQUET. Heures de maistre Estienne Chevalier, texte restitué par M. l'abbé Delaunay. *Paris, L. Curmer*, 1866, 2 vol. in-4, nombr. ornem. et fig. en miniature, en 60 livr.

Belle publication, reproduisant par la chromolithographie, en or et en couleur, les superbes miniatures peintes par Jehan Fouquet au XVe siècle. Le texte est encadré des ornements les plus riches et les plus variés reproduits en or, argent et couleurs, par le même procédé.
Taches d'huile à la 1re et à la 60e livr.

110. HISTOIRE DES ARTS INDUSTRIELS AU MOYEN AGE et à l'époque de la Renaissance, par Jules Labarte. *Paris, A. Morel*, 1864-66, 4 vol. de texte et 2 vol. d'album, in-4, br.

Exemplaire en grand papier vélin. Tiré à 100 exemplaires, celui-ci porte le n° 3.

111. MONOGRAPHIE DU PALAIS DE FONTAINEBLEAU, dessinée et gravée par M. Rodolphe Pfnor, accompagnée d'un texte historique et descriptif par M. Champollion-Figeac. *Paris, A. Morel*, 1863, 2 vol. in-fol. planches en ff. dans des cartons.

Exemplaire en grand papier vélin.

112. L'Inferno di Dante Alighieri, colle figure di G. Doré. *Parigi, L. Hachette*, 1861, in-fol. fig.

sur chine, demi-rel. dos et coins de maroq. r.
n. rog.

113. LES BOHÉMIENS. — LES MISÈRES ET MALHEURS
DE LA GUERRE, par Jacques Callot. *Paris*, 1633,
13 feuilles contenant 26 gravures.

Superbes pièces de premier tirage à toutes marges, extrêmement rares
dans cet état.

114. LES SAINTS ÉVANGILES, traduction de Bossuet, dessins de M. Bida, ornements de M. Ch.
Rossigneux. *Paris, L. Hachette*, 1873, 2 vol. in-fol.
fig. à l'eau-forte, en feuilles dans des cartons.

Exemplaire en grand papier. Tiré à 100 exemplaires. Celui-ci porte le
n° 77, imprimé pour M. A. Fontaine.

CONDITIONS DE LA VENTE.

La vente se fait au comptant.

Les acquéreurs paieront cinq pour cent en sus des enchères, applicables
aux frais.

Il y aura exposition de une heure à deux heures.

Les livres devront être collationnés dans les vingt-quatre heures de l'adjudication. Passé ce délai, ils ne seront repris pour aucune cause.

Le libraire chargé de la vente remplira les commissions des personnes qui
ne pourraient y assister.

Paris. — Imprimerie de Georges Chamerot, rue des Saints-Pères, 19.